Um hospício pra chamar de meu

Um hospício pra chamar de meu

Leo Gaede

✶ telaranha

© LEO GAEDE, 2024

COORDENAÇÃO EDITORIAL Bárbara Tanaka e Guilherme Conde Moura Pereira
ASSISTENTE EDITORIAL Juliana Sehn
CAPA Bruno Café
PROJETO GRÁFICO E DIAGRAMAÇÃO Bárbara Tanaka
PREPARAÇÃO DE ORIGINAL Guilherme Conde Moura Pereira e Juliana Sehn
COMUNICAÇÃO Hiago Rizzi
PRODUÇÃO Letícia Delgado, Lucas Tanaka e Raul K. Souza

Dados Internacionais de Catalogação na Publicação (CIP)
Bibliotecário responsável: Henrique Ramos Baldisserotto – CRB 10/2737

G127h   Gaede, Leo
          Um hospício pra chamar de meu / Leo Gaede. – 1. ed. – Curitiba, PR: Telaranha, 2024.

          160 p.

          ISBN 978-65-85830-13-3

          1. Poesia brasileira I. Título.

CDD: 869.91

Índices para catálogo sistemático:
1. Poesia : Literatura Brasileira 869.91

Direitos reservados à
TELARANHA EDIÇÕES
Rua Ébano Pereira, 269 – Centro
Curitiba/PR – 80410-240
(41) 3220-7365 | contato@telaranha.com.br
www.telaranha.com.br

Impresso no Brasil
Feito o depósito legal

1ª edição
Novembro de 2024

para meus amigos
em todos os planos

para JPG, profunda conhecedora
dos personagens deste livro

Cidadãos
inteiramente loucos
com carradas de razão

Chico Buarque de Hollanda

Onde esconder minha cara?
O mundo samba na minha cabeça

Murilo Mendes

Capítulo 1 // Nos pintam como loucos
só pra nos enquadrar // 11

Capítulo 2 // Eu odeio este lugar é paraíso // 31

Capítulo 3 // Beijando o asfalto // 59

Capítulo 4 // Minha segunda pele // 75

Capítulo 5 // Pergunte pro meu pai // 93

Capítulo 6 // A única saída // 107

Capítulo 7 // Vida cadela // 117

Capítulo 8 // Enxergar na ostra o alimento
não a pérola // 133

Agradecimentos // 159

CAPÍTULO 1
Nos pintam como loucos só pra nos enquadrar

ERIK

34 anos
1,81 m
94 kg
Professor

Perfume
Acetona
Listerine
Álcool Da Ilha e de posto

Gasolina

Erik já tinha experimentado de tudo
antes de parar aqui

Ainda lembro de ver – pelo espelhinho –
ele passando pela porta e seguindo o longo corredor até ocupar
o último quarto do lado esquerdo

Sua entrada foi triunfal

Cantava com a fúria dos boêmios
entre um soluço
seguido de um pedido de desculpas
e outro

Tropeçava
na própria
sombra
com certa
elegância

Bem-vindo ao zoológico água que passarinho não bebe.

Foi o que o Joca falou enquanto desamarrava a camisa de força
que prendia Erik pra amarrar as mãos do beberrão
na cabeceira do que viria a ser sua cama por longos meses

Ele se debateu por alguns minutos
cantarossoluçou alguma coisa
até a quantidade de álcool
(que corria pelo seu sangue)
finalmente colocar Erik F. Veloso (N°037-B) pra dormir

Ao contrário de todos nós
Erik não teve problemas na sua primeira noite no Centro Clínico Quaresma
a.k.a: CCQ

Mais conhecido pelos íntimos como: Lar

Difícil pra ele foi acordar e não ter a mínima ideia de onde estava
Mas como isso já tinha acontecido algumas vezes
se esforçou pra ficar calmo e controlou a tremedeira

Pelo menos até tentar se espreguiçar
e perceber que suas mãos estavam presas à cabeceira de ferro

Não era a primeira vez de Erik em uma clínica
mas ele demorou o tempo de um cigarro
pra entender o que estava acontecendo

E com a boca mais seca que o deserto do Saara
deitado sobre o colchão ensopado de suor e mijo
fechou os olhos feito quem escuta o despertador tocar
acorda
         e lembra que é feriado nacional

Em seguida levantou
pegou uma tábua de madeira
cortou uma rodela de limão
menos fina do que gostaria
por conta da faca quase cega

colocou gelo
molho inglês
pimenta e sal grosso
num copo alto

Enquanto o sal trincava os cubos de gelo
virou a garrafa de Stolichnaya
e completou com suco de tomate

Só pra colorir

Minerva

A enfermeira mais antiga do CCQ
interrompeu Erik antes mesmo dele conseguir dar um gole
no tão sonhado Bloody Mary de todas as manhãs

Era a hora do desjejum: a mais aguardada por uns
e mais odiada
por outros

Ainda com as mãos amarradas
ele falou pra enfermeira
com a metade de sua voz:

*Café da manhã na cama é bom,
mas café da manhã na cama com aviãozinho é uma viagem.*

Ela não entendeu nada
até olhar as mãos amarradas do interno
que rimavam em co(u)ro
com seu peito avermelhado

////

O paciente comeu bem
Tomou o café e o suco de laranja de um gole só
Deixou de lado o mamão e perguntou se por acaso o hotel servia canja

Minerva escreveu tudo no relatório
e saiu do quarto avisando que o dr. ia falar com ele dentro de alguns minutos

De barriga cheia
aproveitou pra desmaiar mais um pouco
até ser acordado pelo dr. carlos quaresma neto:
responsável pelo centro clínico

O herdeiro

O filho que não só completou os estudos
como fez faculdade
mestrado e doutorado em Boston

Um grande bostinha
com mania de perseguição e grandeza.

A conversa não durou mais do que 20 minutos
as devidas apresentações foram feitas e as regras apresentadas

Em seguida
o doutorzinho saiu do quarto sem responder
a última pergunta feita pelo interno:

Quem está pagando por tudo isso
além da porra da minha paciência?

Depois de mais uma pestana
– dessa vez sem sonhos –
era hora do mais novo louco do pedaço conhecer a clínica

É aí que eu entro na história

Como eu já estava no Lar há algum tempo
era delegada a mim a função de apresentar o local e os loucos
das duas alas

Essa é a Ala B
onde ficam os dependentes químicos
os transtornados
os compulsivos
os doidos que configuram o que eles chamam de Estágio 1

Seja bem-vindo Erik
e não se preocupe

Pelo menos até eles te mandarem pra Ala A

Lá ficam os pobres-diabos que jamais vão sair daqui
se não conseguirem meter a fuga
é claro

Sim! Todos pensam nela
Respondi antes mesmo dele perguntar

Durante a tour Erik falou pouco
mas não parava de cantarolar

Ia do samba pra rumba
sem muitos contratempos

Sua memória era impressionante

Recitava versos de Rimbaud e Maiakóvski
De Szymborska e Marcos Prado

Um desses versos até me lembrou porque eu ainda estava internado ali
(seria um verso de Antonio? Cícero? Waly?)

Agora não recordo direito o que ele disse naquele começo de tarde

Esqueci
feito quem esquece a vida
num gole

Como eu queria lembrar
Se ele ainda estivesse vivo seria moleza

Ah! Erik
como eu sinto sua falta

Meus D's!!!

É mais fácil acertar na mega da virada
do que um cara como eu
encontrar um amigo como você
seu lunático filhodeumaputa

Ainda me lembro de quando apresentei pra ele o salão principal
que mais tarde Erik passou a chamar de *Canto de Orates*

(adicionando um charme descabido
prum lugar tão desengonçado)

É aqui que todos ficam em paz

Tem TV a cabo
ping-pong
bilhar
cartas
dardos

"*Acabo de comprar uma TV, a cabo*
Acabado de entrar pra solidão, a cabo."

Ele não gostava do lugar
dizia que parecia uma repartição pública cheia de desocupados
esperando a aposentadoria pra ir morar
numa cidadezinha daquelas que só têm

uma praça
uma igreja
um bar
e uma sede do AA
(quando muito)

O que pra ele era a coisa mais deprê do mundo

Mas o que seria a depressão
senão o sobrenome da população?

Letrado
Erik sempre preferia a biblioteca

Não sei direito se era por causa da Maura
que organizava o que cada um podia ler
e tinha longos cabelos negros com cheiro de Pantene

Não sei se era por causa do Lopes
um aprendiz de Boris Iéltsin
que exalava Mentex
e fornecia mini garrafas de conhaque Domus
num furo feito sob medida
no meio da Odisseia

Pra conseguir um gole do líquido cor de cobre
Erik traduzia poemas russos
que Lopes exibia pros seus colegas de faculdade
como se fossem traduções dele

Antes de perder o controle
e consequentemente o emprego
Erik era um professor respeitado
em uma das universidades mais renomadas do país

Suas aulas de literatura estrangeira
ecoavam pelo bloco vermelho
e pelos bares próximos ao campus

(Na porta de um desses bares
morava um ex-colega de ofício
que tinha decorado o código penal
Seu nome era Alexandro
vulgo: Dura Lex

Largou as aulas de Direito pela vida torta
e desde então vive sob as próprias leis)

Apesar de tudo
traduzir os poemas era um esquema ganha-ganha:
Erik se sentia inspirado por um lado
e Lopes se fazia de inteligente por outro

Maïs tarde

Lopes se formou e dizem
que mora no interior da Rússia numa cidadezinha gelada
onde trabalha como intérprete pros turistas
que têm coragem de pisar naquele fim de mundo

Mas isso pra mim é papo do Boca
uma figura rara que aprontou tanto aqui na Ala B
que agora tá mofando na A

A passagem de Erik pelo Lar mudou muitas vidas

Só não mudou a dele
que depois de sair
acabou como a maioria de seus heróis
num porre homérico de sua bebida preferida

Meu melhor amigo teve um mal súbito no mesmo bar
onde um escritor norte-americano
parrudo e encrenqueiro
bebericava até as 20h

Erik partiu às 3h34 da manhã dentro de uma ambulância
caindo aos pedaços

Próxima parada: Paraíso.

De vez em sempre leio sua carta de despedida
(deixada cuidadosamente dentro de um catatau
que ele sempre me pedia pra ler)
e escuto sua voz rouca a cantarolar no último quarto do corredor

Ao lado do quarto de Anna

ANEXO 1 (CARTA DE DESPEDIDA)

meu caro S.

não queria te deixar mas tenho que partir.
a coragem que nos falta desde criança me impediu de dizer adeus.
vou sem olhar pra trás imaginando a cara do doutorzinho quando ele descobrir.
meu sonho me espera lá onde os carros ainda são charmosos.
eu não tenho mais jeito, você tem.

um abraço caloroso do seu amigo,
E.

post-scriptum:
mande lembranças pros nossos colegas e pare de ter medo da M, ela não morde e se morder nem vai doer. confia.
se quiser, fale pro Lopes que os poemas "traduzidos" na verdade são meus.

post-scriptum 2:
deixar a Carniça aflorar é a única saída.

CAPÍTULO 2
Eu odeio este lugar é paraíso

ANNA

34 anos
1,76 m
57 kg
Assistente de direção

Cabelos de fogo
olhos de petróleo
pele branca e fria
feito a geada que invadia o jardim nas manhãs de inverno

Anna
era magra de dar para contar as costelas:
23 intactas e uma trincada
do lado direito

A personagem perfeita pro lugar

Se o Lar fosse um set de filmagem
ela seria a estrela principal
Mas não imagino Anna atuando

Ela não era um simples clichê cinematográfico

Anna era real

Amor e ódio   real
Alegria e tristeza   real
Prazer e agonia   real

Brutalmente
        sensível

(se tem uma coisa que une todos os clientes – como Dra. Nise
da Silveira preferia chamar os pacientes – de um sanatório
                é a sensibilidade
                desenfreada
                que atropela tudo
                pela frente e faz
                dos loucos
                os mais humanos
                entre os humanos)

Quando eu cheguei no Lar
foi ela que me apresentou tudo

Ninguém conhecia o CCQ como Anna conhecia

> *Eu odeio este lugar é o paraíso.*

Ela dizia e em seguida chorava de rir

Todo mundo tinha um canto preferido
no Lar

Erik gostava da biblioteca
onde se afogava em livros
e sempre jurava que nunca mais leria um título repetido

Joca preferia o almoxarifado
onde recebia boquetes em troca de comprimidos contrabandeados

Minerva amava a varanda
onde comia *Salada com molho cor-de-rosa*
e fumava seus longos cigarros Benson & Hedges
deixando o ar mentolado e o cinzeiro cheio de bitucas sujas de batom
(que me faziam lembrar dentes cuspidos após uma briga)

O lugar preferido do doutorzinho era longe da clínica
de preferência com o nariz enfiado numa bandeja de prata

O lugar preferido de Anna dependia
da hora-minuto-segundo

O meu lugar preferido era dentro dela

Se não fosse ela naquele dia
a corda não teria arrebentado

Corta

Não era todo mundo que podia frequentar o jardim
mas eu e ela tínhamos uma arma

Anna levantava a blusa e mostrava seus mínimos peitos
(que pareciam caroços de pêssego) pro Joca

O porco tirava a chave do portão do pau
e deixava a gente sair por alguns minutos
enquanto se masturbava debaixo da escada

Lá fora
no jardim
a gente se perdia entre as árvores

Se navalhas
ou mesmo garfos
fossem permitidos
nossas iniciais já estariam talhadas
                        na nossa preferida:

um salgueiro
nem maior
nem menor

Apenas diferente

Corta

Depois de 15 minutos estávamos presos de novo em nossa realidade
e não sabíamos qual seria a próxima vez que o ar puro invadiria
nossos pulmões

    Não era sempre que mostrar os peitinhos funcionava

E o ar da gaiola externa
(onde os internos tomavam sol)
se misturava com uma névoa amarela de gente guardada
sufocando até mesmo quem batia ponto no castigo

Corta

Cineminha domingo
pizza de milho sem vinho
passear no shopping
escolher porta-retrato
feriadinho com a família
no interior do Paraná

    Nosso amor era tudo menos monótono

Tínhamos dias de Sid & Nancy
minutos de Chicó & João Grilo
segundos de Johnny & June

Só eu estava preparado pra aguentar ela
Só ela estava preparada pra me aguentar
Deve ser por isso que nunca ficamos à deriva

Lágrimas!
As de medo a gente compartilhava
As de felicidade a gente não enxugava

Corta

Estamos em uma sala ampla
forrada de livros que não me interessam
Estou sentado em um sofá ejetor de couro frio

        virado pra janela

Não vejo o doutorzinho
mas sei que ele está sentado em sua mesa
fazendo círculos no papel
sem tomar nota de nada
nem do sol
              que invade meu rosto

Só consigo pensar no que Anna fala pra ele

Queria muito perguntar quem pagou as despesas de Erik
mas sei que ele não gosta de lembrar do único paciente
que conseguiu fugir do renomado centro clínico desde que seu bisavô
que está emoldurado na entrada da sala
fundou o manicômio

Depois de 60 minutos cravados
Minerva bate na porta interrompendo o silêncio

É hora do almoço
Me levanto e olho a ficha de Anna Beatriz Machado (N°012-B) dando sopa

Eu sabia que não era certo

Era como ler o último parágrafo de um livro
antes de iniciar a leitura

Era como saber o final de um filme
antes do *play*

Mesmo assim continuei

Minha intenção era descobrir como lidar melhor com ela
(mas de boas intenções o hospício tá cheio)

E quem cava onde não deve
acaba caindo na própria co
                    va

Um balde
de água fria
na cabeça

Descobri que eu não era o único
Anna dividia seu tempo e suas magras coxas com outros e outras

E o pior: o doutorzinho sabia de tudo

Depois disso ficou praticamente impossível olhar pra ele
e não perceber um leve tom de deboche
naquele sorriso de porcelana
                                      comprado

Fiquei transtornado
mas me calei

Sempre fui um ótimo ator

      (Aprendi com Francella & Brandoni
      em longas sessões de cinema argentino)

Eu não tinha o direito
Ela não tinha o direito

Corta

Acordei zonzo sem saber onde estava
Parecia que tinha acabado de voltar de uma viagem de Artane

Só conseguia enxergar a silhueta de uma mulher com cabelos
na altura do ombro

Por alguns segundos cheguei a pensar que era minha mãe

Ela estava me acordando pra escola
Podia sentir o cheiro doce dela
Precisava levantar dali
colocar o uniforme azul e amarelo e dizer
que eu já descia pro café

Na cozinha
encontraria meu pai de terno cinza escuro
gravata e cheiro de pós-barba
em pé com seu bigode de vitamina de banana com maçã

Encontraria minhas irmãs com suas caras de sono
e meu irmão recém-nascido com a moleira protegida
por uma touquinha de tartarugas

Desmaiei

Quando acordei pela segunda vez
minha mãe não estava mais lá

No lugar dela estava Minerva – eu acho –
falando alguma coisa que eu não conseguia escutar
por conta de um forte zumbido no ouvido

Piiiiiiiiiiiiiiiiiiiiiiiiiiiiiiiiiiiiiiiiiiiiiiiiiiiiiiiiiiiiiiiiiiiiiiiiiiii
iiiiiiiiiiiiiiiiiiiiiiiiiiiiiiiiiiiiiiiiiiiiiiiiiiiiiiiiiiiiiiiiiiiiiiiiiiiii
iiiiiiiiiiiiiiiiiiiiiiiiiiiiiiiiiiiiiiiiiiiiiiiiiiiiiiiiiiiiiiiiiiiiiiiiiiiii
iiiiiiiiiiiiiiiiiiiiiiiiiiiiiiiiiiiiiiiiiiiiiiiiiiiiiiiiiiiiiiiiiiiiiiiiiiiii
iiiiiiiiiiiiiiiiiiiiiiiiiiiiiiiiiiiiiiiiiiiiiiiiiiiiiiiiiiiiiiiiiiiiiiiiiiiii
iiiiiiiiiiiiiiiiiiiiiiiiiiiiiiiiiiiiiiiiiiiiiiiiiiiiiiiiiiiiiiiiiiiiiiiiiiiii
iiiiiiiiiiiiiiiiiiiiiiiiiiiiiiiiiiiiiiiiiiiiiiiiiiiiiiiiiiiiiiiiiiiiiiiiiiiii
iiiiiiiiiiiiiiiiiiiiiiiiiiiiiiiiiiiiiiiiiiiiiiiiiiiiiiiiiiiiiiiiiiiiiiiiiiiii
iiiiiiiiiiiiiiiiiiiiiiiiiiiiiiiiiiiiiiiiiiiiiiiiiiiiiiiiiiiiiiiiiiiiiiiiiiiii
iiiiiiiiiiiiiiiiiiiiiiiiiiiiiiiiiiiiiiiiiiiiiiiiiiiiiiiiiiiiiiiiiiiiiiiiiiiii
iiiiiiiiiiiiiiiiiiiiiiiiiiiiiiiiiiiiiiiiiiiiiiiiiiiiiiiiiiiiiiiiiiiiiiiiiiiii
iiiiiiiiiiiiiiiiiiiiiiiiiiiiiiiiiiiiiiiiiiiiiiiiiiiiiiiiiiiiiiiiiiiiiiiiiiiii
iiiiiiiiiiiiiiiiiiiiiiiiiiiiiiiiiiiiiiiiiiiiiiiiiiiiiiiiiiiiiiiiiiiiiiiiiiiii
iiiiiiiiiiiiiiiiiiiiiiiiiiiiiiiiiiiiiiiiiiiiiiiiiiiiiiiiiiiiiiiiiiiiiiiiiiiii
iiiiiiiiiiiiiiiiiiiiiiiiiiiiiiiiiiiiiiiiiiiiiiiiiiiiiiiiiiiiiiiiiiiiiiiiiiiii
iiiiiiiiiiiiiiiiiiiiiiiiiiiiiiiiiiiiiiiiiiiiiiiiiiiiiiiiiiiiiiiiiiiiiiiiiiiii
iiiiiiiiiiiiiiiiiiiiiiiiiiiiiiiiiiiiiiiiiiiiiiiiiiiiiiiiiiiiiiiiiiiiiiiiiiiii
iiiiiiiiiiiiiiiiiiiiiiiiiiiiiiiiiiiiiiiiiiiiiiiiiiiiiiiiiiiiiiiiiiiiiiiiiiiii
iiiiiiiiiiiiiiiiiiiiiiiiiiiiiiiiiiiiiiiiiiiiiiiiiiiiiiiiiiiiiiiiiiiiiiiiiiiii
iiiiiiiiiiiiiiiiiiiiiiiiiiiiiiiiiiiiiiiiiiiiiiiiiiiiiiiiiiiiiiiiiiiiiiiiiiiii
iiiiiiiiiiiiiiiiiiiiiiiiiiiiiiiiiiiiiiiiiiiiiiiiiiiiiiiiiiiiiiiiiiiiiiiiiiiii
iiiiiiiiiiiiiiiiiiiiiiiiiiiiiiiiiiiiiiiiiiiiiiiiiiiiiiiiiiiiiiiiiiiiiiiiiiiii
iiiiiiiiiiiiiiiiiiiiiiiiiiiiiiiiiiiiiiiiiiiiiiiiiiiiiiiiiiiiiiiiiiiiiiiiiiiii
iiiiiiiiiiiiiiiiiiiiiiiiiiiiiiiiiiiiiiiiiiiiiiiiiiiiiiiiiiiiiiiiiiiiiiiiiiiii
iiiiiiiiiiiiiiiiiiiiiiiiiiiiiiiiiiiiiiiiiiiiiiiiiiiiiiiiiiiiiiiiiiiiiiiiiiiii
iiiiiiiiiiiiiiiiiiiiiiiiiiiiiiiiiiiiiiiiiiiiiiiiiiiiiiiiiiiiiiiiiiiiiiiiiiiii
iiiiiiiiiiiiiiiiiiiiiiiiiiiiiiiiiiiiiiiiiiiiiiiiiiiiiiiiiiiiiiiiiiiiiiiiiiiii
iiiiiiiiiiiiiiiiiiiiiiiiiiiiiiiiiiiiiiiiiiiiiiiiiiiiiiiiiiiiiiiiiiiiiiiiiiiii
iiiiiiiiiiiiiiiiiiiiiiiiiiiiiiiiiiiiiiiiiiiiiiiiiiiiiiiiiiiiiiiiiiiiiiiiiiiii
iiiiiiiiiiiiiiiiiiiiiiiiiiiiiiiiiiiiiiiiiiiiiiiiiiiiiiiiiiiiiiiiiiiiiiiiiiiii
iiiiiiiiiiiiiiiiiiiiiiiiiiiiiiiiiiiiiiiiiiiiiiiiiiiiiiiiiiiiiiiiiiiiiiiiiiiii
iiiiiiiiiiiiiiiiiiiiiiiiiiiiiiiiiiiiiiiiiiiiiiiiiiiiiiiiiiiiiiiiiiiiiiiiiiiii

Senti o cheiro de cigarro mentolado quando suas mãos tocaram
minha testa e aos poucos fui entendendo onde estava

A enfermaria do CCQ era um lugar novo pra mim

Queria perguntar o que tinha acontecido
mas Minerva falou que eu ainda estava muito fraco

Percebi que era sério e fechei novamente os olhos
torcendo pra que desta vez fosse pra sempre

Quando saí da enfermaria
soube que Anna me visitava regularmente

Ficava ao lado da cama me observando

De vez em quando chorava
na maioria das vezes sorria

Engraçado como as coisas mudam
quando você fica
cara a cara
com a morte

   (vou lembrar disso da próxima vez que pensar
   em me entupir de remédio dos outros
   por ter medo de encarar o espelho)

Quando eu tinha uns 23 anos
meu melhor amigo – antes do Erik –
não teve a mesma sorte e morreu em uma tragédia de avião

foi a primeira vez
que rezei pra valer
que rezei de ajoelhar
implorar
me humilhar
soluçar de travar o peito

a aeronave tinha caído
mas uma falsa esperança
planava pela casa

eu de joelhos
na frente de um São Jorge
envolto numa guia de Oxóssi
(que não era minha)
ao lado de uma pequena oração irlandesa
pregada na parede

> *until we meet again*
> *may the lord hold you*
> *in the palm of his hand*

escutei seu nome na lista de mortos
pela televisão
e também

        desabei

Depois disso nunca mais fui o mesmo
Nunca mais tive medo de turbulência também

Seria muita sacanagem de Deus
ou sei lá quem decide isso
permitir que dois amigos tão próximos
morressem da mesma forma
no transporte mais seguro do mundo

> *Em caso de despressurização*
> *máscaras de oxigênio cairão*
> *automaticamente à sua frente*
> *coloque primeiro a sua*
> *e só então auxilie*
> *quem estiver ao lado*

Toda aeromoça
é uma espécie
de terapeuta

> *coloque primeiro a sua*
> *e só então auxilie*
> *quem estiver ao lado*

Nessa época eu ainda arriscava uns versos
e anos antes dele partir escrevi um poema
enquanto viajava de Curitiba pra São Paulo

    com o cinto de segurança bem apertado

Hoje em dia não enxergo aquele poema como uma premonição
mas como um alívio
quem sabe pelo último verso

Este meu amigo também tinha medo de voar
gosto de pensar que ele desmaiou

muito
antes
do
impacto

Há uma grande diferença entre
encarar e sentir a morte

Quem passa pro lado de lá não sente saudade
só sente a morte quem ainda está vivo

E isso eu não desejo pra ninguém

Nem pro Joca
nem pro doutorzinho
muito menos pra Anna

Apesar de tudo
não consigo culpá-la

No fundo eu sempre soube
que não devia me deixar atrair por ninguém ali dentro

Mas me sentia só
e eu prefiro estar mal-acompanhado do que só

                                      A solidão é a pior das loucuras

Além de tudo
ela salvou minha vida mais de uma vez

Aprendi nos filmes que não se pode fazer nada contra alguém
que já salvou sua vida

Se não fosse ela naquele dia
a corda

Corta

ANEXO 2 (CWB-CGH)

chance mínima
velha máxima
debaixo de chuva
a história muda

se for pra cair
então que caia
mas caia
feito uma luva

CAPÍTULO 3
Beijando o asfalto

ZÉ

34 anos
1,93 m
78 kg
Motoboy

Eu fiquei manco fugindo dos herói.
Ou melhor: pulando do segundo andar de um prédio.
Ou melhor ainda: fiquei manco
pulando do segundo andar de um prédio
fugindo dos herói.

Zé repetia a história pra todos que encontrava
antes mesmo de se apresentar

Era alto e muito magro
tinha tinta debaixo das unhas
e dezenas de histórias espalhadas pelo corpo

       Umas que cicatrizaram bem
              outras que viraram quelóide

Mas o que mais chamava atenção nele
eram os olhos esbugalhados
que justificavam o apelido nas ruas: ZÓIO
O Lar era um inferno mas uma coisa era certa
todo dia eu aprendia algo novo

Com Zé aprendi que cada
pixador tem sua especialidade

Uns são especialistas em portas de ferro
outros fazem janelas
trens
pontes

Mas os mais considerados são os que praticam a escalada

É nessa modalidade
que a adrenalina explode na veia
a boca seca
as pernas tremem

        Só não pode tremer a mão na hora H

Se pixo fosse esporte
zóio seria um triatleta

Mas segundo ele pixo não é esporte

É uma droga sinistra
que você sempre precisa aumentar a dose
pra voar mais alto

        Andar
        por
        andar

Escalar prédio por fora é coisa de loco. Mó adrenalina.
O mais certo é pegar os prédio comercial depois das 18h,
quando cai a caneta e os funça vai pra casa.

Dá pra ficar tranquilão, não tem chance de ter alguém
lá dentro pra abrir a janela
bem na hora que você tá dando uma de Homem-Aranha.

Mas a adrenalina mesmo tá em pegar os prédio residencial.
Vai que um morador resolve fumar um na janela.

Deus me livre! É dois palito pra desequilibrar, ficar pendurado pelos dedo
até eles não aguentar mais e acabar beijando o asfalto.

Tirando isso, tem os fio de luz.
Já tomou um choque, meu coligado?

Zé me perguntava enquanto se contorcia todo
simulando uma descarga elétrica

Uma vez eu tomei um choque tão forte que eu não sabia onde tava, demorei uns 15 minutos pra voltar. Ainda faltava duas letra pra terminar o trampo: o "I" e o "O". Os correria que tava comigo me ajudaram a descer. Quando eu cheguei lá embaixo eu só pensava em subir de novo pra terminar. E foi o que eu fiz: subi no ombro do SKELETO, pulei na marquise, escalei a primeira, a segunda, a terceira janela e cheguei onde eu tinha foscado o "Z" e o "O". Olhei pro fio de luz, respirei fundo e na adrenalina mandei as duas letra que faltava. Na régua. A galera lá embaixo não botava fé.

Desci.

Se não cortasse o Zé
ele não parava de falar

Mas eu não tinha nada marcado
e pra falar a verdade
comecei a me interessar pelas histórias

Me fazia pensar o quanto minha vida era um porre

Eu nunca tinha feito nada tão grandioso
quanto escalar um prédio de 15 andares
                                                      por fora

O máximo que fiz foi pular de uma ponte de 10 metros de altura
pra cair no rio Nhundiaquara

Isso quando eu tinha uns 11 anos
e era bem mais corajoso que agora

Teve uma vez que a gente tava em cima de um posto Shell. Fizemo o que tinha que ser feito e quando tava pra descer escutamo a sirene dos héroi. Num teve jeito, eles cercaram nóis.

Daí aguenta: é spray na cara, nos pano tudo. Nesse dia dei azar, tinha bosta de cachorro perto do enquadro. Adivinha onde ela foi parar? Pelo menos não levaram nóis pra DP. Mas como a gente tava com a cara inteira pintada de preto tomamo mais uns dois enquadro antes de chegar na goma do LAZER. Um deles foi lendário, pique Hollywood.

Nóis tava quebrando uma esquina qualquer quando chegou os heróis derrapando, descendo da viatura com o berro na mão. "Todo mundo com a mão no portão" gritou o naira de cabelo loiro, quase branco, com pinta de alemão.

"Não!!! No portão não que eu acabei de pintar" gritou o tiozinho com uma peita da Lusa desgaiada lá do segundo andar. Mó comédia, nem o polacão segurou a risada.

Foda é que o Colorgin não sai da pele, mano. É zica. Cola mais que nóia em biqueira de quebradinha. Tá ligado?

Na mão até vai mas não tem como passar querosene na cara, se pega no olho é um abraço. Não dá pra ficar cego e escalar, né?

Eu ria sem parar
pensando que o Zé podia contar essas "fita" num palco

Essa história de aprender coisas
me fez lembrar da minha mãe falando
quanto tempo eu demorei pra aprender a falar

Me fez lembrar do meu pai contando
com emoção nos olhos
(a mesma que herdei dele)
que eu aprendi a andar
no tapete da casa da minha vó quando eles não estavam lá

Me fez lembrar da minha vó

Da gaiola do Xuxo que ficava apoiada na janela do terceiro andar
até que um dia caiu e o sabiá que sabia
não pôde voar

Lembrar de tudo isso
me fez sentir o gosto do chá de camomila gelado
que eu tomava nas tardes que fingia estar doente
pra não ter que aturar os padres do colégio

Me fez lembrar da vez que senti um cheiro forte de banana
num avião sem bananas

Um perfume que saía
de alguma parte
                alguma

Nunca me livrei

Lembrei também que lá pelos 15 anos
pixei a parede do pátio do mesmo colégio durante o recreio

Não sei por que fiz aquilo

Talvez tenha feito por influência de quatro acordes secos
que na época
me acordaram pra vida

Lembro
de ter sentido uma adrenalina que logo passou

(contrapondo a poluição sonora
que já estava impregnada na alma)

Fui pego
Logo no primeiro "trampo"
meu pai ficou sabendo

Acho que essa foi a primeira vez que decepcionei o velho

No outro dia
na mesma hora
no recreio
me fizeram apagar o pecado na frente de todo mundo

Sabe como é colégio de padre:
tem que dar o exemplo

Balde de água
esponja de aço
sabão
querosene
e nada

A mancha só aumentava

ANEXO 3 (AGENDA)

SUSTOS FATAIS EXORCITY FANTASMAS CRIPTA TÚMULOS VÔMITOS PERIGO MOKDOS + ÁGEIS NOTE KOP TIRAS RGS FÓRUM OS CARETAS PLAYBAS RADAR OS+IMUNDOS ANOR+ FILHO KIDS VÍCIO LIXOMANIA EMATOMAS OS CARA LETRAS POR CÓDIGOS (LPC) BOMBARDEIO SEM EXTINÇÃO (BSE) UNIÃO PROVOCA ESPANTO (UPE) VÂNDALOS IMPÕEM REGRAS (VIR)

CAPÍTULO 4
Minha segunda pele

MIGUEL

34 anos
1,75 m
104 kg
Garçom

Devoto de Papa Francisco
Miguel veio parar no Brasil porque tinha fé

e acabou no Lar porque era um louco

   ¡Un loco con muy aguante!

Ele dizia
orgulhoso

Quando deixou Buenos Aires
numa tarde fria
imaginava que ficaria dois dias na estrada
chegaria em São Paulo
assistiria o San Lorenzo jogar
e voltaria pra Boedo
com muito mais que *trapos y murgas*
no bagageiro do ônibus

Mas não foi bem assim que tudo aconteceu

  ¿Te imaginas lo que es pasar tres días en la carretera,
   sin probar una buena comida, tomando vino,
    Brahma caliente, Fernet y Coca?

Eu respondi que não sabia
E ele:

   Amargo!

Miguel adorava contar suas façanhas
respirava futebol

Ou melhor:
respirava San Lorenzo de Almagro

Pelas cores do clube era capaz de morrer

Dar o sangue
como os jogadores dizem
era muito pouco pra ele

E no Brasil
ele acabou dando mais do que devia

E quase aposentou pra sempre
sua icônica *veleta azul y roja*

Foi atrás do cemitério da Consolação
(17 junho: dia marcado pelo gol que o Pelé não fez na Copa de 70)
que a sua gloriosa *hinchada* caiu em uma emboscada

A rota fez vista grossa pros hermanos e a Fiel não perdoou

O saldo fora de campo não foi bom pros argentinos
que atordoados entraram no ônibus
e voltaram pra casa sem ver seu time ganhar a batalha
dentro das quatro linhas

Desmaiado
entre um carro e uma caçamba de lixo
Miguel ficou pra trás
e só acordou com o bico da bota lustrada de um capitão da polícia
cutucando seu rosto

Foi levado pra delegacia
mas na verdade
Miguel precisava mesmo de um hospital

Seus olhos mal abriam quando foi jogado na cela

Não lembro se ele me contou como conseguiu sair de lá
nem lembro como ele veio parar aqui

Só sei que ainda ecoa na minha cabeça
as elaboradas músicas da sua *hinchada*:

La Gloriosa Butteler

Miguel
assim como Erik
era inimigo do silêncio

Passava o dia inteiro cantarolando pelos corredores

Os dois tinham muito em comum
e logo firmaram uma amizade invejável

Contavam suas histórias em castelhano
e riam alto como se estivessem em algum bar de *Bajo Flores*

Erik ensinou poemas de Borges pro Miguel
que retribuiu ensinando letras de alentar

Joca
que odiava barulho
não demorou muito pra se exaltar

Alto e parrudo
o inspetor da Ala
com o amansa louco na mão
era feroz

Mas dessa vez eram dois contra um
e um deles sabia o que estava fazendo

Estava acostumado a *pelear*

Não fosse Minerva interferir
o pior
ou o melhor
sei lá
podia ter acontecido

Todos respeitavam a velha

> *Já pro castigo. Os dois.*
> *Não quero ouvir um pio.*

O castigo era barra
bem do jeito que a gente vê nos filmes de cadeia

você
uma moeda
um balde
uma gota pingando
numa chapa de aço

(ressoando
uma sinfonia
de virar juízo)

e todo aquele escuro
enchendo a cabeça
de minhoca
esvaziando
a alma

"Cuervo, sos mi alegría
mi locura, vos sos mi vida
a boedo vamo a volver
por la vuelta todo daría
daría ciclón
donde juegues yo voy a estar
hasta la muerte

Hoy tenés que ganar
que boedo es un carnaval
acá está la más fiel
La Gloriosa Plaza Butteler"

Domingo de manhã era sempre assim

Todo mundo já tinha decorado a maldita música

Até mesmo Anna que tinha uma péssima relação com o dia do Faustão

Por um lado era bom
assim eu não me perdia no calendário

A monotonia é capaz de dominar
a cabeça de um homem

E nessa situação perder a noção do tempo é mais fácil
que cair no choro lembrando
de um amigo que já se afogou

Ah! Erik
seu lunático filhodeumaputa

Como eu queria ter ido pra Buenos Aires contigo
Eu não precisaria gastar meu portunhol barato
pra pedir uma bela garrafa de Judas

Você não me julgaria se eu enrolasse a língua na quarta *botella*

Queria muito saber
o que fez os irmãos
de sangue azul e vermelho
abandonarem Miguel
naquele jogo
contra o Corinthians

Será que eles pensaram que ele poderia ter entrado no estádio?

Será que pensaram que ele estava desmaiado
no banheiro do ônibus?

Será que eles pensaram alguma coisa?

Será que eles eram
de fato
irmãos dele?

Será que eles sentem falta?

Miguel prefere não tocar no assunto
Eu prefiro não tocar na ferida

       Isso é coisa pro doutorzinho

No mesmo sofá onde todos sentavam
de frente pra janela

Miguel

falava
        e falava
                e falava
                        e falava

e o doutor
letrado
não entendia um puto

Depois de alguns meses
acabou ganhando alta e saiu pela porta da frente
cantando

        Volta e meia
        alguém tem que sair
        pra máquina continuar

            girando

                  triturando

                        faturando

Foi assim com Zé
Foi assim com Miguel

    Não foi assim com o resto de nós

Viciados em adrenalina sabem se comportar
pois são fortes com a sua causa
e safos pra continuar

    Não tem substância que os impeça
    não é qualquer boteco de esquina que entorta seus planos

De vez em quando recebo postais do

Uruguai
Colômbia
Paraguai
Chile
e até Qatar

Todos com as mesmas 16 letras garrafais
(que o Zé nos ensinou a rabiscar)
enfileiradas em ordem
sem pontuação:

        SIEMPRE PTE MIGUEL

ANEXO 4 (ALENTO)

"Que lo escuche el gobierno
que lo escuche la gente

Yo soy hincha de fútbol
yo no soy delincuente

Los bombos y banderas no generan violencia
la violencia comienza por sus pacos de mierda!"

CAPÍTULO 5
Pergunte pro meu pai

BOCA

34 anos
1,85 m
115 kg
Taxista

Que seja! Pergunte pro meu pai
Era a resposta do Boca pra quem duvidava de suas histórias

Sua compulsão fantástica começou
quando ele ainda era guri

Muito antes do diagnóstico
que acusava: mitomania

Na escola não tinha amigos
de carne e osso
mas a imaginação
nunca deixou o grandalhão sozinho

No fundo essa era sua arma
mas a espada da mentira tem dois gumes
bem afiados

                    corta pros dois lados

O professor de português
mesmo sabendo seu verdadeiro nome
chamava o menino de Paulo
na sala dos professores

aquele mesmo Paulo que

> *Um dia chegou em casa dizendo que vira no campo*
> *dois dragões-da-independência*
> *cuspindo fogo e lendo fotonovelas*

aquele mesmo que

> *veio contando que caíra no pátio da escola um pedaço de lua,*
> *todo cheio de buraquinhos, feito queijo, e ele provou*
> *e tinha gosto de queijo*

Outros apelidos
competiam com a personagem de Drummond

Pinóquio
Matraca
Loroteiro
Poeteiro
Saliva

Uma infinidade

Mas o mais gasto
pelas más línguas era de fato:

                    Boca

Bom de lábia
sempre levou todo mundo no papo

Bom de boleia
parecia ter nascido pra guiar seu táxi

Contava tanta história que se perdia
se confundia entre realidade e fantasia

E quando viu
estava preso no Lar
sem a mínima condição de interromper
seu talento nato

Tentaram de tudo

choque
tarja
comida
porrada
      um absurdo

mas à medida que o tempo passava
o problema só aumentava

Boca
era
uma
bola
de
neve

Cada vez mais encorpado de histórias
foi destruindo tudo à sua volta

Criava
    lugares inteiros
    pensava nos mínimos detalhes
    da senha da fechadura eletrônica da porta
    ao avesso perfeito do ponto cruz

Criava
    amigos verdadeiros
    com nome sobrenome apelido peso altura profissão
    alguns tinham até signo

    áries
    gêmeos
    câncer
    escorpião

Criava
    amores
    que doíam na alma
    do primeiro encontro à separação

        Casamento é que nem a av. Paulista:
        começa no paraíso e termina na Consolação.

Criava
    até não se reconhecer mais no espelho
    se perdeu no labirinto
    de suas personagens
    depois já era tarde
    pra guiar a própria história

Caiu na Ala A como uma bomba
e agora só fala com as paredes

Tem medo de conversar
e sua língua já não corta mais

Delira com multas de trânsito
e teme não conseguir estacionar

Desde o último carnaval
– um capítulo à parte dentro do Lar –
não vemos ele

Que seja!
E nem podemos perguntar pro seu pai

as visitas no Lar
ocorrem com mais frequência
no período da noite

quando o buraco da solidão
(depois do toque de recolher)
se instala no chão dos cubículos ocres

é nessa hora
que sobem todos os convidados
prum grande banquete
de alienados

não tem detector de metais
o joca não rela a mão
todo mundo pode entrar
se sentar

trazer um pedaço de osso
um casco de boi
um biscoito pra Caramela
é de bom tom

ANEXO 5 (PEDRA SOBRE PAREDE)

A CABEÇA É UM MUSEU DE ~~MEMÓRIAS~~
A CABEÇA É UM MUSEU DE ~~SAUDADES~~
A CABEÇA É UM MUSEU DE ILUSÕES

CAPÍTULO 6
A única saída

CARNIÇA

XXXXXX
XXXXXX
XXXXXX
XXXXXX

Carniça habitava a pele de todos nós

    um ser desprovido
    de face
    de cor
    de massa
    principalmente de classe

        (nem pantera
        nem onça
        nem loba
        quase um poltergeist)

não falava
mas conseguia sempre
o que queria

    aflorava

        nas esquinas das aflições
        e agia aparelhado
        por grandes revoluções

        (biológicas
            químicas
                elétricas)

podia dormir por anos
quanto mais hibernava
mais podre ficava
                até não poder mais

na hora certa
na hora-guerra
se postava
feito um Exu de guarda

        feito um PUNK

uma hiena
à caça dos leões

                          ////

nas entranhas do corpo-savana
o doutorzinho é o urubu
faz da Carniça seu ganha pão

       (faca de ticum em corpo fechado)

    revira as tripas
    mete o nariz
    onde não foi chamado

    divide as narinas
    entre a nossa vida
        e sua sagrada farinha
        de todos os dias

        ////

posto que somos carne
um dia a Carniça vinga
dela ninguém escapa

espantamos a preguiça
de lutar pelo que se acredita

      colocamos a desordem na casa

exorcizamos mágoas
vomitamos um brejo de sapos
de uma vez só

não tem remédio que acalma
não tem buraco
      choque
            camisa
                  porrada

contra Carniça
não sobra

    alma
    sobre
    alma

ANEXO 6 (PROVÉRBIO QUARESMIANO)

    reagir
    antes
    de ranger
    os dentes
    de raiva
    não se ri

CAPÍTULO 7
Vida cadela

CARAMELA

Idade indeterminada
0.57 m
18 kg
Autônoma

A vida é um cão
é o que esses bípedes vivem a rosnar

Logo eles que podem viver sete oito vezes mais
não têm a sapiência de entender
a beleza dessa cousa rara

Você já viu um canino se matar?
Não somos felinos pra ter o privilégio da volta

Quando eu entrei no Lar
há mais de 100 anos
as cousas eram muito diferentes

Passavam por aquela porta
(a mesma que hoje guardo
sem ninguém perceber)

adolescentes grávidas
meninos que gostavam de meninos
meninas que gostavam de meninas
muitos negros mulatos e pardos

Uma quantidade industrial de bêbados ocasionais
alguns organizadores de alfabeto

Uma série de orates sem diagnóstico
sem nada

Internados por homens brancos e roxos
que apesar do pincenê
não enxergavam uma tapa na frente

mas o lucro
esse sim

Eu que ainda era de carne e osso e fome
custei a entender porque os humanos criaram canis
para se trancafiarem

Um canino jamais faria isso
com a própria raça

mas o lucro
esse sim

Outra coisa que me intriga:
o tal complexo de vira-lata

Eu atravessei eras aqui
mas isso nunca mudou

Ser vira-lata é coisa nobre
é sentir desprezo pelas sebes

Ser vira-lata é uma arte
o símbolo máximo da liberdade

A mesmíssima liberdade
que os bípedes tanto procuram
sem nunca encontrar

Talvez no carnaval
e olhe lá

Os carnavais do Lar
eram mesmo um capítulo à parte

Durante três dias estava liberado usar
as antigas fantasias de trabalho

paletós e gravatas
camisas xadrez
jalecos
aventais
salto alto

O Bloco dos Normais saía em romaria
cantando marchinhas mal-adaptadas

> *Doutor eu não me engano*
> *Droga não tem futuro (soltemos um urro)*
> *Mas apaga o passado (é assim assado)*
>
> *Oh! presente que eu amo!*
> *Oh! presente que eu amo!*
>
> *(4x)*

Era quando as duas Alas se encontravam
E desafiando Lamartine Babo
cantavam

No meio dessa euforia
controlada
todos pareciam iguais

Na Ala A
tinha um monte
de figuras raras

Entre elas
Nelson Boca-de-Cantor
(compositor fundador e baluarte do bloco)
era o que mais se destacava

Viciado em apostas
perdeu tudo
inclusive sua língua
pra cúpula do jogo

Depois de deceparem seu ganha-pão
com uma peixeira afiada
entrou em parafuso

Parou de pegar as sinopses no Império Serrano
e abandonou de vez o Jongo

Agora
é linha de frente na luta antimanicomial
mas só se comunica através de um outro tipo de bloco
e mímicas muito bem-elaboradas

////

Os dias de carnaval não existem mais

Qualquer *cachorrada artística-cultural*
que deixe a doidarada emocionada
é castigo no ato:

        uma quarta-feira de cinzas
        de uma semana
        naquele buraco

Ordens do doutorzinho
que nos dias de folia
ligava do seu *jet-ski* pra saber:
tá todo mundo mansinho?

Engraçado!

(preciso falar engraçado
pois sorrio com o rabo
e fica muito difícil identificar)

Tá aí mais uma coisa
que os bípedes não valorizam:
o privilégio de mostrar
os dentes sem ninguém fugir

Retomando:
engraçado!

Mesmo com toda essa pilhéria
o Lar é o único lugar liberado
para eu me comunicar

Aqui todo mundo tem credencial
para me ver
ter dois dedos de prosa comigo
sem ser taxado de doudo

Afonsos
escreveu em seu Cemitério dos vivos que Catão dizia:
os sábios tiram mais ensinamentos dos loucos que estes deles

E se não for verdade
quem sou eu para discordar?

Depois do meu perecimento
para me enxergar precisa acreditar

Volta e meia acontece
com os espíritos bem-aventurados

Erik por exemplo
me tinha como sua grande amiga
ficava a rosnar que eu era alguma coisa engarrafada

Que insânia!

Já Simão
nunca foi dado
a baba e quatro patas

Mesmo assim podia me ver

Disfarçava como ninguém
Não queria se entregar
Eu farejava

Tinha medo de mim

Tinha medo de me perder um dia
da mesma forma que perdeu vários
pelo caminho

Por isso
não se aproximava

Eu insistia:
já estou morta
não se preocupe

Ele me ignorava

ANEXO 7 (A FUGA)

22:22

os loucos tomaram o hospício
a sala o divã
e o conhaque
reserva do doutor

02:22

os loucos tomaram tudo
menos seus remédios
e saíram cantarolando nus
pelos prédios
canções de amor pra rua

08:22

a lua virou sol
o hospício sentiu falta dos hóspedes
como são lunáticos os loucos
doidos varridos
de volta pros seus cantos

     malditos

CAPÍTULO 8
Enxergar na ostra o alimento não a pérola

SIMÃO

34 anos
1,91 m
94 kg
Ex-poeta

Foi no achados e perdidos do Lar
que encontrei o verso
citado por Erik durante nosso primeiro encontro

Todo poeta é um detetive selvagem.

Era isso!

Eu me encontrava perdido
num oceano escuro
muito profundo

Precisava me encontrar
descobrir o que se passava comigo

> 1. Investigar
> 2. Tomar fôlego
> 3. Desinflar o ego

Mergulhado num turbilhão de dúvidas
ancorado às certezas
da casa própria
do trabalho bem remunerado
do casamento de filme
com roteiro predefinido:

    (Na saúde e na doença
    na riqueza e na pobreza
          na loucura que não cura
          até que a terra nos engula)

filha
filho
terapia de casal
vasectomia
aposentadoria
cidadezinha
caixão

    Aqui descansa na paz dos bons espíritos
    Simão da Silva e Silva:

    Marido dedicado
    pai e funcionário exemplar

    Ex-poeta

Se eu parasse pra investigar
minha vida não era de se jogar fora
mesmo assim pensei em me jogar

      Na hora
      optei pela corda

Tinha medo de pular
e cair em cima de alguém
que não tinha nada a ver com a história

E se isso acontecesse
viraria um assassino duplo

Um louco preso no purgatório
até conseguir me explicar

pra Deus
pro Demo

          Culposo?
          Doloso?

DEUS:
Me diga, filho meu, por que eu deveria deixar você subir?
Atentar contra a própria vida é o maior dos pecados.
Todo mundo acha que eu não devo satisfação.
E se a cúpula dos Santos questionar?

DEMO:
Boa, deusinho meu.
Vem comigo, Simão. O céu é um porre.
O Erik não te contou?

DEUS:
Jogando baixo como sempre, hein, coisa ruim?
Tira esse tique da tua boca de trevas. Não sou seu, não.
Agora preciso ir, tenho muito mais o que fazer.

DEMO:
Boa, deusinho meu.
Você e sua sagrada pressa.
Vamos procrastinar que é bom à beça.
Faz bem pra cabeça.

DEUS:
Simão, o demônio é a própria rima.
Oficina de poeta. Caminho sem volta.
Não caia em tentação. Vou dar um jeito.
Juro por mim mesmo.

DEMO:
Espelho, espelho meu
quem é mais narciso do que eu?

DEUS:
São Jorge tá devendo no Jóquei Clube.
São Longuinho vive pulando as parcelas do aluguel.
Santa Clara não pode me ver que abre sua caderneta
cheia de pedidos pra não chover.

DEMO:
Minhas rimas são os trocadilhos seus,
Sr. Linha Torta. Deusinho meu.

DEUS:
São Sebastião joga dardos comigo.
Numa dessas você sobe, Simão.
Mas de uma coisa você não escapa:
vai subir de tornozeleira.

////

Acordei zonzo com uma vontade incontrolável
de entregar o prazer do gozo ao corpo
depois de uma longa noite de autodestruição

A cabeça pesando uma tonelada
A corda no pescoço

Arrebentada
        (graças a quem?)

O filme da vida acabava de passar sob meus olhos

um longa-metragem arrastado
respirando por aparelhos
quase sem clímax

Do chão da sala
enxergo um pedaço de corda presa na viga de madeira rente ao teto

A casa está arrumada
não fosse a cadeira caída
        e alguns livros espalhados pela bancada

Não me recordo porque estou ali

Tenho a impressão de ter falado com os D's
ainda há pouco

Não me recordo o autor
mas o verso continua a martelar minha mente:

        Todo poeta é um detetive selvagem.
        Todo poeta é um detetive selvagem.
        Todo poeta é um detetive selvagem.

Respiro fundo
e o tempo para
na eternidade
da loucura

Mesmo com a vista embaçada
enxergo uma silhueta perto do corredor

Uma silhueta emoldurada
no batente da porta

        pintura abstrata?
        natureza morta?

Tento levantar
mas a gravidade me prega no chão

                Todo poeta é...
                    Todo.

Tento de novo
mas toda vez que penso em partir
é um parto

Vejo alguém se aproximar

Minha garganta seca

uma maré de febre
confunde meus pensamentos

queima
feito sal
                de lágrima
                de suor
                de mar

Uma febre de pelar a pele

        Anna Beatriz?

Tragam escamas de peixe pras queimaduras
Tragam escamas de peixe pras
Tragam escamas de peixe
Tragam escamas de
Tragam escamas
Tragam

A loucura
é uma sereia
que enfeitiça
e nada solta
no vasto oceano
da razão

Nos faz enxergar
na ostra
o alimento
não a pérola

Afoga a realidade
beija a fantasia
na boca

                Faz nosso dente trincar

Contagia
e imobiliza
feito o último suspiro
antes do gozo

Feito a dura notícia
da falta de vida

No espelhinho do móvel
todos meus amigos refletem mudos
como num velho retrato de família

e eu
reflito sobre todos/tudos

Penso em Erik
que se desfaz como sal de fruta

Penso em Zé
mas não aguento a escalada e caio

Penso em Miguel
mas já não estou *siempre presente*

Penso em Boca
não vou mentir

Perdoo Anna
e peço seu perdão

        Caramela abana seu rabo invisível
        pela primeira vez admito sua existência

        Carniça não se manifesta
        dorme enquanto aguarda a próxima guerra

Entre a luz e o breu
descansa o fantasma da dúvida

Ainda no chão da sala
me pergunto:
é tudo coisa da minha cabeça?

Que seja!

Um hospício pra chamar de meu.

ANEXO FINAL (ZARPAR)

os doidos da ala estão cada vez menos dodóis
é doído ver os ilustres hóspedes do hospício
sendo curados (um por um)

preferia ver todos pendurados em lustres
fazendo do teto um grande oceano
e resistindo à tormenta (onda após onda)

um louco nunca larga sua loucura
assim como um bom capitão
jamais abre mão do seu barco

AGRADECIMENTOS

Luiz Felipe Grohs, João Henrique Mendes Xavier Vianna, Jessica Barbar Przybysz Gaede, Henrique Gaede, Dulce Terezinha Tomasoni Gaede, Bruno Café, Tarso de Melo, Arthur Mercer, Fabrício Corsaletti, Reynaldo Damazio, Faiez Farah Saliba, Juliana Sehn, Bárbara Tanaka e Guilherme Conde. Muito obrigado pela leitura prévia e pela ajuda na construção, na organização e na concepção deste hospício pra chamar de meu. Ou melhor: de nosso.

1ª edição [2024]

Este é o livro nº 22 da Telaranha Edições.
Composto em New Edge 666 e Viroqua, sobre papel pólen 80 g,
e impresso nas oficinas da Gráfica e Editora Copiart em novembro de 2024.